新井啓子

遡上

思潮社

遡上　新井啓子

思潮社

遡上　目次

装画＝著者　装幀＝思潮社装幀室

遡上

遡上

風のない日においでと　渡し守は言う　赤い屋根の小学校を目印に　川岸でユンボが大きく手を挙げるあたり　鱗を光らせて　鮭が上ってくるから

西から東へ川は流れる　一つは激しい堰を持ち　一つは浅瀬が長く続く　二つの川はここで並び　ゆるく弧を描いて流れる　大きく流れが曲がったところ　湧くようにさざ波が光るところ　あそこに鮭が上ってくるという

向こう岸には白い看板がある　風にあおられた枯れ草で　看板は見

え隠れする　西日が藍色の川面を覆っている　そのまま影が深くなり　さざ波を際だたせる　海のないこの土地を　鮭は覚えているという

風のない日にもう一度おいで　浅瀬まで舟を出してあげよう　しばらくおいて迎えに来るから　鮭の掘った穴をごらん　渡し守は重ねて言う

土手の上から見渡すと　川は二枚の布になり　はたはたとはためいている　盛り上がった織り傷に　すばやく風が流れ込む　獲物を探す勢いで　川は流れる　そのなかに　鮭も　疲れた身体を並べるのだろう

鮭の掘る穴は深いのか　その時澄んだ水は白く濁り　大きく開いた口から　音にならない声が漏れるのか　立ち枯れの草むらへ誘われ

る　不在の淵へ指を浸すと　すり抜ける水は　生温かいはじまりの
証

身体の奥で風が舞う　轍がうねる砂利道を　薄い影をたたみなが
ら　命尽きるまで続くという産卵の　光のかけらを抱いていく

机

部屋に　持ち主の定まらない机がひとつある
親しい人がいなくなったり　新しい人がやってきたり
書架にファイルがたまっていて
使えそうで使えない机だ
引き出しの中には古びた名刺や錆びたクリップ
同じものばかりが大量に残されている

部屋の人たちは　硬い煎餅をほおばりながら
聞き慣れない言葉で遠くの国の話をする
机の話はしない
楽しそうに　薄い話をする

薄い話を好むのは　自分たちの
薄い影が見えるからだろう

部屋のカーテンは季節ごとに変わる
カーテンを開けると
窓いっぱいに広がって　空は今日を告げにくる
昨日より今日　今日より　明日
影は日ごとに深くなる

今日一日も熟れていき
夕陽に染まるころ　目の前をよぎるものがある
机に置いた手の甲に　腕に
キンモクセイの葉の影が堰を切ったように流れてくる
いま　風が　立ったようだ

小春日和

見おろすと犬が私を見あげている
黒に茶の混じった中型犬だ　雑種だろう
尾の先と腹のあたりが白い
眉毛の位置に愛嬌がある
犬が私を見つめている　じっと見つめ返す
動じない　目をそらさない
シンカンとまっすぐなまなざしである
静かな問答
私が押す　しんなり犬が押し返す
私も返す　犬も　つんと返してくる

押しては　押され
返しては　返され
高まっていく
眉毛みたいな長い毛が風に揺れ
それでも犬は目をそらさない
お座りの構え
あんまり律儀に見つめられ
私もこころを移せない
目の中に一生涯を押し込めて見つめ合う
いい天気だ
内臓のすみずみまで光の届く快晴だ
そのままうっかり
犬に戻るのをわすれてる
人になるのをわすれてる
地上と二階で

夏の曲線

夏の宵　耳は眠らない
夜半に激しい雨が通っていった音
儀式のように下されたお告げ
どれもわたしのところで欠けてしまった

潤った明け方には
順繰りに熟して摘まれるのを待つトマトがある
下部は暗い　その極まりよく色づいているのを
つくり唄に乗せて採っていく

南瓜　西瓜　胡瓜
糸瓜　真桑瓜
獅子唐　唐辛子　茄子
上を向く花　うつむく花
掛けて掛けあわされて　約束どおり
落花の痕が結実する種のものたち

ビニール袋の中で押しあっている赤い実が
たやすく潰れないのは　なぜだろう
刃でもってもわかれづらい
それでいて不意に　涙流すのは
なぜだろう
（3・14159・・・
　3・14159・・・）
（つるんと剝けるときもある）

簡易ハウスの草いきれの中では
巻いて巻かれる　草も　ひとも
がぁうわおぉうと　誰かが吠える
がぁうわおぉうと　呼応する
満ちた余りの滴りが
蔕《へた》の奥まで染みているから
酸っぱい匂いにまみれても
どこまでいっても　切り捨てられない
（3・14159・・・
　3・14159・・・）

欠けた形が満ちるように
落花の痕が結実する種のものたちよ
きりりと巻かれた間から

伸び上がろうとするものよ
いっしんに
生きよ　生きよ

夏の宵　静かに風は戻ってくる
そよいだ蔓《つる》の腕の先から
弾けた種子がこぼれ落ちる

つながり

展望露天風呂の湯舟から
足のながいおんなが
じぶんの腰をまたがせて
左手だけで赤ん坊をかかえてくる

そのかたちをタイで
ミャンマーで
バングラデシュでみた
どこまでつながっていく
左手でまるい弧をえがく　三日月のかたち

そのとき右手は自由になり
水をはこび　香草をむしり
餌をまき　花をうり
となりのひとの肩にふれる

足のながいおんながふれた　そこでは
腰のふといおんなが髪を束ねている
母親らしいそのおんなの
数本の毛髪が湯にながされる
波間を漂うようにゆるり
娘の足にとまり　赤ん坊の指にからむと
待ちこがれた祝祭がきたように
家族はそろえて声をあげた

はるか南の　月桂樹の木の下で

ひとつの皿から食べ物をとりわける
ひとの頬は狂おしくほてる

一日のおわりに幼子をかこんで
わかちあい　集い
ささえあい　歌う
わけたものが　肉であり
血であり　悲しみであり
地上の平穏であっても
日暮れまで　両手を揺らし
からだをかしがせ歌うのだ

月夜

交差点から交差点へ
すっくりと立つ銀杏並木へ入ると
あちらにも　こちらにも
金色に輝くぎんなんの実が落ちていた

大通りでは落ち葉が舞っている
何もなくなるその前に
わさわさ　わさわさ
群れになって横切っていく

明日は休日　町の人たちが
手袋やマスクをして
ぎんなん拾いに集まるだろう
むせる匂いに包まれて　人々も
まるまって種になり
野へ　山へ　海岸へ
どこへなりと運ばれていくだろう

夜半には霜が降りてきた
信号機の黄色がにじんで見える
一夜ばかりの輝きに　満月が
光る路面を転がっていく

名前

インターネットでわたしを捜す
索《さが》されてくる何件かのわたし
広島の私　静岡の私
大学研究室の私　役所の私　喫茶店の私
わたしであったかもしれない私が
知らない土地で笑っている

病院の待合室で呼ばれるわたしの名前
口を開けているわたしの前で
診察室へ入っていくのはわたしではないわたし

内科のわたし　皮膚科のわたし　耳鼻科のわたし
老婆のわたし　学生のわたし　幼児のわたし
薬局では主婦のわたしがわたしの薬をもらって帰る
（どうぞおだいじに）

M市の図書貸し出しカードを再発行したとき
登録されていたわたしの名前
亀町のワタシ　さくらが丘のワタシ　幸通りのワタシ
会計士のワタシ　建築家のワタシ
料理好きのワタシ　資格マニアのワタシ
（さてわたしはどれでしょう？）
わたしの知らない本を読んでいるワタシ
わたしが読んだ本　その本を読んだワタシ
どれもわたしは読んだ気がする
どれもわたしは読んでいない気がする

保護者名簿でもわたしは調べられる
小学生のあらいゆうこちゃんのおかあさん
高校生のあらいマリアさんのお母様
浪人生のあらいこうすけのおかん
生まれたばかりのあらいテオくんのママ
役員をやってください
教材を買ってください
家庭教師はいかがですか
エステをお安くしておきます
（そういうあなたは誰ですか？）

私とワタシ　わたしとあなた
同姓同名の私たち
わたしではない私の名前

わたしのようなワタシの名前
もらった名前になってから
名前の人になっていく
呼ばれた名前になってから
呼ばれたようになっていく
そうはいっても　わたしはわたし
名前以前のわたしがわたし

引っ越し

一人暮らしをすることになり　小さな荷物を運んだ　軽トラの荷台で揺れていたファイルから　一枚　風に飛ばしたことづけがある

それから　箱部屋にふたりで住んだ　階段ばかりの五階まで　何回往復したことだろう　エプロンのポケットに入れたまま　洗濯してしまった歌がある

平屋に三人のときは　雨の日　家の前の空き地が一面　水たまりになった　傘を頼りに　砂利の小山を歩いても　子供を抱えた反対側の肩だけは濡れた　軒下で信楽狸が大切なものを守って　大きなお

腹を突き出していた

二階屋には三人と　亡霊がひとつ付いてきたらしい　半年間に三回
交通事故に遭い　それはもうきまりですと　お祓いをして　お札を
もらった雪の日　脱輪をして　それっきり

引っ越しをするたびに　多くを捨てた　新調した　引っ越しをする
たびに　腹がすわった　すり切れた　くるくる　家財道具を転がし
ながら　玉の緒を　出したり入れたり　広げたりたたんだり

引っ越し運搬車が沿道を通ると　家も思い出して共揺《ともゆ》れる　山のよ
うな段ボール箱を積んだ　あの無機質な闇の中には　今も　家に収
まることのなかった　シミのようなものがうごめいている

駅

階段を上がると風の道がある
冬には乾いた冷気が
きつく胸元に吹き込んでくるところだ

風に触れた肩をさすりながらエスカレーターに乗ると
駅の長いエスカレーターにもときどき細く風が立つ

エスカレーターは片側が空いていて
もう片側は人で詰まっている
糸に通した真珠が掲げられるように

玉の一つになって吊られている

そのまま高みに運ばれて
真珠の列が少しずつほどけ
足元の隙間に挟まれることなく降り立つと
狭い通路を行く人はみな足早になる
風は見ない
風の道に気がつかないのだろう

そのうち喧噪が沈黙に変わる
窓のない構内の向こうから潮騒がやってきて
ホームに電車が浜からの風を連れてくる
人は吹かれて寄せられて
そしらぬ顔で風になる

紙蜻蛉《とんぼ》

秋津島　むかし　ものごとのはじまりが
小さな生き物や瑞々《みずみず》しいくだものだったように
ゆるやかに
ことばもはじまっていけばよいのに

閉め切った部屋や　高層ビルの谷間で
総毛立ち　吠えるだけ吠えて
追いつめられていく獣たち
戦いが終わってそこに獣の皮を脱いだとき
ことばはふたたび芽吹くだろうか

ころころと　ころがっていくだろうか

公園では　紙製の
色とりどりの蜻蛉が
ストローの先でバランスを取っている

歓声に後押《あとお》され
羽を反り返すもの　尾を下げるもの
とまり場は　高くとも　低くとも
それぞれの居場所に

あっ　とまった
とまったよ

羽音

見かけぬ鳥がきている
近づいていくと
ひょいと身をかわして逃げてしまう

もう　飛んでしまうのか
と　いうとそうでもなく
両足揃えの雀歩きで
川端から　竹藪へ
東屋から　縁側へ
人を避けるというでもなく
人を求めるというでもなく

どこまでも動いていく

私は磨いていたキセルを投げ出し
神棚の供えものを放棄し
隣家の頼まれものを忘れ
米屋の届けものを諦め
鳥を追った

私は舟で追った（朝餉の貝を取りにいった）
私は走った（凪の中　発熱の子を背負って）
私は登った（冠雪の山を見るために）
私はにじり寄った（最後の試合　テニスコートで）

息を詰め　音を忍び
祓い清めてはいなかったが

追って　追って
心はもうそれに近くなっていた

長い廊下を一気に飛んで
座敷に迷い込んだ鳥は
闇に驚いて　行き場を失ったようだった

それから
私の目が闇に慣れるのと
羽音が静まるのとは
同じ程だったかもしれない

正月の掛け軸がかけられた
床の間の前に影を見た
六本目のキセルを磨いている

ヤマドリの尾の

昔　隣国から帝にヤマドリが贈られた　数日経ったが　ヤマドリは
鳴かない　帝はあまたの女御におっしゃった　ヤマドリを鳴かせた
者を后にしよう

一人の賢い女御が恭しく申し上げた　この鳥には友がおりません
語る相手がいないので　鳴かないのでございましょう　ここに友を
連れて参りました　そう言って女御は　鳥の前に大きな鏡を立てか
けた

鏡の前をヤマドリは　何度も何度も行き来した　友は同じ方向へ付

いてきた　いぶかしげに首を傾けた　友も驚いて首を傾けた　くちばしで突いてみた　恥ずかしそうに突き返してきた　羽を少し広げて威嚇した　羽を広げて挨拶をした　なんと気の合う友であろうか

ほろほろほろほろ　異国の土地で　ヤマドリは初めて思い切り声を上げた　ほろほろほろほろ　友も応えてくれたようだった　ヤマドリは鳴いた　毎日鳴いた　羽をふるわせ大きく鳴いた　ひとりの声に　満足して鳴いた　そうしてそのままその地で果てた

どこかで鳥の鳴く声がする　香の薫りが人のけはいを知らせている　ほろほろほろほろ　林の中で鳴くのは　鳥かもしれない　人かもしれない

音玉

箱の初めは東の空　西南の山を終わりとする　中には小さな玉が入っていて　傾けると動きについてくる

中の玉に呼びかける　オウ。　玉は恥ずかしそうに見上げてくる
玉には何度も会った　そっとつまみあげると意外に重い

底を叩くと玉は跳ねる　小さく叩く　一拍遅れて震動する　キダキヅキ　シシジ　モリ　弧を描いて落ちてくる　ずれた音階　忘れられた傷跡　鋭く鳴いて　それでもなお　響きの中に音が余っている

玉突き合って弾けたそこから　また玉が生まれ　玉が動くと新しい
色が　たぎりながら　一筋の糸になって伸びる　アキカ　タテヌ
イ　カムド　イイシ　色を追うと眩しくて　目を開けていられない

糸巻きを立て　クニコ　クニコと手繰り寄せ　クニコ　クニコと光
を巻き取る　巻き取りながらほどけている　始まりながら終わって
いる　玉は動き続ける　光の糸は果てなく生まれる　箱の中の玉に
呼びかけると　箱の中からこだまする

クニコ　クニコ　クニコ　クニコ
アマリアリ。
オウ。

*

水の面《おもて》に

坂を下りていくと川が横たわっていた
のどかに私電が走っている
ただの土手だと思っていたが
史跡の碑や放流のバルブが
いかめしくしつらえてあって
豊かな水量分だけ
意を張っている

町には乾いた川も流れていて
石造りの橋は途方に暮れている

三面川
隅田川
能登川
大井川
最上川
天龍川
仁淀川
早渕川
鵜川

こちらの電車は容赦なく渡っていくし　　礼文華川
線路脇の雑草が　　登別川
季語のように夏かぜになぶられている　　衣川

水がなくても川というのか　　江戸川
（水無瀬川で詠みかわしたひとよ）　　江の川

M市に風呂川というのがある　　愛知川
一年の大半は水がない　　北上川
川底には生物がいない　　川内川
イヌの散歩道ほどの川幅でしかないが　　鬼怒川
ふと　流れているときがある　　野塚川
急流である　　愛川
なにをそこまであわてることがあろうか　　利別川
名に負わない闊達さのまま　　掛川

流れの巡りついた公園には
遠州まがいの循環図が作られ
（水は自体がリンクする）
（たった一本の木があれば生き返る）
奥まったところに深々と堰が隠れていて
小さな赤い靴が　片方だけ浮いている

大井川
糸魚川
猪名川
阿武隈川
天塩川
留萌川

水のまち

水のまちにわたしは生まれた
そこに川がと言われて育った
岸には岸の　島には島の　船には船の名前があった
ひとつの名前を飲み込むと　わたしは自分の名前を忘れた

水に降りてはいけないよ
雨が降るたびに祖母の声が甦る

わたしは鳥に　魚に　水草になった
それでは水に　降りないわけにはいかなかった

川に　運河に　水路になった
けれども　水そのものにはなれなかった

わたしは橋に　ちいさな木橋になった

橋のたもとに家族が暮らした
人が　自転車が　大勢渡った
岸辺に柳の並木ができて
少女の隣に　少年が座り
夕陽が川面を照らした

ある時洪水で流されてしまうまで
わたしはたしかにそこにあった

時が流れ　同じ所に橋が架かり

橋のたもとに家族が住んで
車が　電車が　悠々と渡る
岸辺に大きな観覧車ができて
夕陽が川面を照らす
女は北へ　通り過ぎ　男は南へ　通り過ぎ
船が　鳥が　通り過ぎ
電車が　夕陽が　通り過ぎ

そして　そこにはもうなかった
いつでも向こうに座っていた
近すぎて　近寄れない
わたしでもない　誰でもない
たったひとつのあの水のまち

橋の向こうに

子供の頃　一人で歩くときは
道路の端の白線を目じるしにした
誰かに教わったのだろうか
白線の内側がわたしの領域であった

いつだったか隣町の友人の家を訪ねた帰り
見知らぬ角で白線が途絶えた
目の前には急な坂があり　その向こうに
運河をまたぐ小さな橋があった

橋の向こうにはたしか
しろい建物があるはずだった
そこの窓に光る格子がついているのを
バスの窓から見たことがあった
しろい着物の女のひとが
ぼんやりこちらを眺めていた

それはいつも夕暮れだった
アコヤ貝の内側をなぞるような雲に
めくるめくひととき
ぼんやりこちらを眺めていたひと
ただそれだけのことだ

けれども　そのときわたしはその橋を
越えることができなかった

わたしはわたしを
越えることができなかった

町は合併し二つが一つの名前になった
けれどもわたしはまだその橋を
渡ったことがない
わたしの行けない場所が
橋の向こうに　いまでもある

水島

幼い夏の日　親戚中で　入り組んだ海岸の家を　訪ねたことがあった　気のいい大叔母が西瓜と梅酒を振る舞ってくれた　よく日に焼けた大叔父は小舟を出し　小気味よい櫂さばきで　岩場を進んだ　水島が遠くに見えた

小舟は私たちを乗せたまま　洞窟の中に入った　波の先端に　いくつも　輝くものが転がっている　波紋が揺れて舟がかしぐ　フジツボやカメノテを　大叔父が櫂でこそげ取ったのだ　見えない声を上げて　化石のような生き物が惑い落ちる　声が洞窟を満たす　水島は見えない

天井からは　いつから垂れているのか　水滴が腕をぬらし　そこだけしびれる　暗闇の中で腕を捕まれて　何も言えなかった　水が飲みたいと誰かが言ったが　誰も答えなかった　突然襲ってくるもの　欲しいときにないもの　しびれる　しつこくしびれる

水は冷たい　水は重い　水はにがい　かかとを海水に浸す　しびれる　そして　水は静かに優しい　長い長い闇の果てにぽっかりと光がひろがる　目を慣らすと　その向こうに水島がある

水島　と呼んでみた　水島　そこにある　いつかだれもが　水島に行く　何もない　何もない　大海原のかなたに　トビウオの群れが吸い込まれて行く

クルージング

鳥の名前の舟ででかける　まず履き物を脱いで　それから船縁をまたぐ　海中から　体の中を見透かされそうになるので　せかされて乗る　左遠くに観覧車　右には倉庫　出港の合図で　いつもは見下ろす川面が　身近に迫ってくる

ほら　見てください　門が開いていますと　男の声　これが入口　これからこちらへ進みます　河口からの進路がモニターに映し出され　声に導かれていく　左には焼却炉　右にはホテル　ほろ苦い思いに　痺れそうになっていると　さあ　ここが一番狭くなっているところです　と　畳みかけられ　うっと　むせる

（大丈夫　楽にしましょう）

外海から　運河へはいったようだ　陸と島を結ぶいくつもの橋　橋の上に駐車されている車　サイクリングの親子　電車から手を振る人たち　一呼吸おいて左に公園が見えてくる　長い松林　彫刻の群れ　玉石の人工海岸　するりとしたカーヴ　白く荒れた壁際　競馬場　心なしか川幅が広がり　調子づいた舟は　先へ先へと飛ばしていく

傷つければ溶液の漏れる　人の中にも地図がある　その平面が起こされるとき　思わぬ根っこが現れるのか　貴石が結実しているか　思惟は影に埋もれてしまうのか　空疎であるか　知りたい
（大丈夫　もっと　楽にしましょう）

そして美しい人工島に　獣の匂いが流れ着くところ　喉元から　胸

へ　臓腑へと下りて　長々と伸ばされたものが　はっきり知覚される
ところ　先端が十二指腸の　塊まで届いて　ようやく内視鏡の動きは止まった　それはまるで　つっぱった胎児の足蹴りの感覚　早く取り除いてほしい　そのままでいてほしい

（大丈夫　楽にして）

涼しげな声がして　一瞬のうちに管は抜き取られた　航行が終わり　上陸した私に　海中からイルカが水をかけた　みずみずしい生き水だった

シジミ

夜が明けると　まだ薄暗い中を
青年はシジミ貝を獲りにいった
湖と外海をつなぐ運河の河口に
細かい砂の浅瀬があった

湖面が肩に迫るほど
低く屈《かが》んだ青年は見たはずだ
朝日を突き抜ける機体の影や
靄《もや》にうなだれている軍用造船所の旗
石飛ばしを競った橋げたに

群れていた薄紫の蝶
　ゆうらり　帰って来なったが
　暗くなっちょう　あげなとこに

わたしの作ったシジミ汁を吸い
年老いた青年は堅い口を解いた
忘れたいことや忘れられないことを
小さく丸くみっしり重い黒光りするものに
しんと　隠してきたけれど

渡らこいや　渡らこい
えっと見えんようになっちょうなった
誰ぞが　待っておられぇけん

渡らこいや　渡らこい
いつでも誰ぇか追いかけちょう
えとしなげなぁ　こまい蝶だが

わたしたちは声をそろえ
羽ばたきを促すように貝殻を摘んだ

橋のたもとには逝った人の魂が集まるという
生まれる前にいたように
送り火の灯籠が
寄り合いたゆたうあのあたり
記憶の水辺
羽化したばかりの蝶になって
ゆらり　飛んでいる

＊出雲弁　渡らこいや＝渡ろうや　えっと＝長い間
えとしなげな＝気の毒な　こまい＝小さい

糸

しろい紙袋を乗せたボックスが
薬局の低いカウンターに流れてくる
赤いカプセル　黄色い錠剤
みどりの略号　澱んだ液体
それらは規則正しく溶けてゆき
名付けられた病を癒していくのだろう

入院したのは祖母である
夜中に起き出し加湿器を倒したのも
タンクの水でずぶぬれになったのも
そのまま眠ってしまったのも祖母である

何度か患ったことのある　肺の機能がおかしくなって
起きあがることさえ　ままならなくなって

十日　かかって
蜘蛛の巣が　できた
黄色いいとに　しろい糸
ゆらゆらゆれる　ゆらゆらゆれる
なかには小さなおばあちゃん
ゆらゆらゆれる　ゆらゆらゆれる
みどりの糸に　赤いいと
絡まって　紡ぎあう
いのちづな

昨年百歳になった祖母
すこし痴呆があって
足腰がしっかりしていて
（二階に自室があって
階段の昇り下りを　日課にしていたせいかもしれない）
胸がおかされていても　足は動くのである

　　起きる　起きる
だめですよ
　　起きる　起きる
　もうすこし
起きる　起きる　起きる
　　起きる？

管や紐をひきちぎり　いまにも飛び出していきそうな祖母を
代わる代わる　なだめたり　叱ったりしながら
家族は糸を太らせていったのだと思う

祖母は家に帰りたがった
呆ける前に祖母は　いままでで　一番うれしかったことを
話してくれたことがある
〈長男が生まれたとき〉　その長男も　戦死した
行く末を聞いたこともある
〈帰るところはない〉　その祖母が　家に帰りたがる

お　きる　お　きる　るるる　うう
　か　える　かえる
　　る　る　る　う　う

曖昧な看護人のわたしは病を拾った
発熱の軒下を　細い糸が　ゆらゆらと風にゆれる
（縛らずに
　守らずに）
ゆらゆらゆれて
ゆらゆらゆれて
（詩はわたしをどこへ連れていくのだろう）
る　るる　うう　る　るる　うう
自宅の　ぬるいベッドで眠るわたしの
帰っていくところ　よ

*

夜

暗い夜を進む舟は光の覆いを被っている　光は鈍く輝くというよりは　ぼんやり居場所を教えるだけだ　星をたどって舟は進む　櫂は休み　船頭も眠り　誰も漕がない舟は進む

暗い夜の向こうには列車の走る町がある　耳を澄ませばいつもの時刻に　通り過ぎる音が響く　箱の中に木の実を入れて　揺すったときの音のような　列車の響きが夜に浸みる　闇を薄い道にして　舟は進む

舟の中に積まれているのは　海を渡る鳥の風切り羽　飛び疲れた鳥

は　舳先にとまり羽を繕う　くちばしで整えられ　すり抜けて　船首から船尾へ　重なり合って　羽は舟に落ちる

鳥は闇の間で小さく身震いをする　白く明るい時の隙間に　飛んでゆく支度をする　一本一本繕って　するりと羽を落としてくると自分の体温を確かめる　鳥は思う　今夜はどこまで飛んでいけるのだろう

水の果て　黄金に波打つ草原に降りること　頬に触れる柔らかい草の穂　足を包む温かい土　羽を伸ばし透かし見て　眠りの旅に誘われること　初めて聞くような鳥の声が　遠い川面をふるわせる

夜に飛び立つ鳥のあとを舟は静かに進んでいく　大きく羽ばたく羽を追い　付き添うように進んでいく　羽に紛れて虫が光る　暗い夜を進む舟は　光の覆いを被っている

石

朝に夕に流れは変わる　すくい取られるように　巻き上げられて
石は流れに押されていく　押される方へ回りながら　振り向きなが
ら　石は流れる

むかし　運河の砂の中に赤い石があった　海から湖へ湖から海へ
潮の満ち干で行き来する砂を　ことこと揺れて　見送ってすごした

月が出ると　赤い石は震えて光った　砂の中にうずくまり　石は遠
い電車の音を聞いた　川下に長い鉄橋がある　線路に落ちた電車の
響きが　橋桁を伝わって　川の中まで下りてくる

それは引き合う星のうた　闇に溶ける懐かしい音色　夜ごとうつろう月の祈りを　石はこころの弦に乗せ　あてない曲をしばし奏でた　電車は走っていったきり　一度光り始めた石は　夜が明けるまで光り続けた

明け方　水が海から押されてくる　鷺がうたをついばみに来る　流れた星の軌跡の果てに　わずかに川面が波立って　時の流れを引き寄せようとする

水が湖から押される夕暮れどき　砂の中に赤い石はなかった　流れて砕けたと誰かが言うが　ぼうと流れる川の底にはいまも　小さな石が眠っている

ポットホール

波を避けながら岩場を歩いていると　岩をなめらかにくり抜いた
穴をみつけることがある

桶の形の穴の中には　丸まった石ころが沈んでいる　波がくると
石は揺れる　次の波で少しだけ浮かぶ　それから波がくるごとに
少しずつ　側面に沿ってまわり　まわりはじめて　石は静かな調べ
を奏でる

若葉の迫る岸辺のささやき　甲殻類の行き来する磯の歓声　石はま
わるまわされる　浅い夢の海岸の砂時計の砂の落ちる音　人気のな
い洞窟でくりかえされる世代交代　荒波だけが吠えさかる夜にも

石はまわるまわされる

遠い記憶の島には　海に向かって　めまいごと　かなしみを投げ入れたり　よろこびを飛ばしたりする崖があった　原初に地面が盛り上がり　赤く割れたというその高い崖の上から　石は海に転げ落ちた

丘には薄紫の花が這うように咲いていていた　眼下には悠々と海鳥が飛んでいた　夕陽に染まる断崖を落ちながら　石はかなたからうねり寄る　この星の鼓動を聞いた気がした

穴から海水があふれると　石も穴を越えて出る　鼓動が石を揺らすから　石にも目覚めのときがくる　うたうたいたい　穴に新しい石が入り　新しい海草に揺れるころ　深い海の底で　石は　自分のうたをうたいはじめる

辺境

年明けの海は高ぶっていた
神々の渡ってくるという浜に
風も吹き荒れて
子供たちに仁王立ちを強いる　それは
岬のはずれに立つ　白い灯台
（背をこごめたりはせんだわ）

街のタワーには
年号の文字が
貼り付いているのだが
内からは見えない

岬巡りの　のたくった道を行くと
上って　下って　巻き込まれて
八重曲がり　ここがバスのすれ違い場所
岩の見える展望台　崖下の祠　経年の静寂
（またマックイムシにやられちょう）
（海の色がおぞいが）

空中に浮かんだ白い三角形
滑っていく小箱
図形の上に重なる数式
雲形に切り取られた
水辺の影が
陽に射されて
ゆっくり　傾ぐ

岬では　海鳥が舞うよ
影も　形も
群れになって
いっせいに飛び立つよ

あちらこちらで
鳥の名の電車の扉が開く
うろ覚えの停車場は
ながいものの名

岩を這う遊歩道も　風が潮を含んで
コートを叩く　フードをあおる　唇が晒される
(みゃおみゃあ
みゃおみゃあ)
みやこどりの

（風の音？　　　　　　　さえずり
波の音？）　　　　　　　はおと

かつて高さを誇った大やしろのすぐ近く
日本一高い灯台の展望台にて
きょうは一巡できないままに
ゆるゆると螺旋を降りる
直下する　そして
開かれた木立の奥に湧いている
水の呪文を掬いに行くのだった

風が吹いても
岬では　海鳥が舞うよ　　　あ　れ
群れになって　　　　　　　　　は
いっせいに飛び立つよ

（みゃおみゃあ　う
みゃおみゃあ）　み
（鳥の声？　ね
人の声？）　こ
（みゃおみゃあ　え
みゃおみゃあみゃあ）　の　こ

銀白色の空に白い影が吸い込まれて
荒ぶる空中で全ての均衡がとれる一瞬の至福　あるいは寄る辺なさ　反転という境も吹き飛ばされる　鳴き声から遠く　機上の乾いたコーヒーカップの縁に　潮の味を見る　その時

道

七曲がりで潮が弾ける　そんな話を聞いたので　赤い自転車で出かける　堀端から　靄のかかる　旧道を走り始めると　山から届く朝日を受けて　赤い自転車のハンドルに　光の雫が順序よく並んでいる

水が張られたばかりの田　風が通ると光は　ざわめきながら水面にうつる　透けて見える土壌に　足を踏み入れたときの　吸い付く重さを覚えている　光は　空の色や　雲の形を縁取って　どこまでも追いかけてくる　雲が動く　形を変える　車輪が前に進む速さで

海へ向かうこの道はいきものの泳ぐ道　生まれ出たおたまじゃくしが　ひしめき合って春を散らす　そのちりぢりになった春の夢を用水路の壁にしがみついた　蜷貝がゆっくりなぞる　草の生い茂る小川の横では　夢のかけらをほおばったミズカマキリが　器用に羽を回している

草いきれの波間を　ゆらゆらと進んでいく　失ったものの影が　自転車の高い位置から連なって見える　あぜ道を行くのは葬列の旗陽炎の中に見え隠れする　見え隠れする　なつかしい人の横顔　細い指　抱き寄せられたときの　つんと放たれた生の匂い

いなくなった人が　小さな荷台に乗ってくる　いいよ　そのまま連れていってあげる　道が細くなる　ゆるい勾配がはじまる　荷台の人が一人ずつ増えて　自転車は重くなる　いいよ　みんなを連れていってあげる　重くなる　薄暗いつづれ織りの峠道で　誰もいな

い　荷台が光り始める

細い一本道は　つり上げられたように峠に届く　自転車は着かない　潮はもう弾けたのか　目をこらすけれど　もう進まない　ちらちら光が舞い上がるのが見える

あとがき

第二詩集『水曜日』より、十一年が経ちました。このたびやっと、詩誌「続・左岸」「螺蔓（らまん）」「山陰詩人」「東国」「い」「リバーサイド」、「群馬年刊詩集」「something」、それから、「現代詩手帖」や「上毛新聞」に載せていただいたものを礎として、一冊にまとめることができました。

いつになっても同じことを、同じようにしかうたえない。そんなもどかしさの中から、小さな本の誕生を支えていただいた方々に、また、お手に取っていただいた皆様に、心より感謝申し上げます。

二〇一〇年九月

新井啓子

新井啓子（あらい・けいこ）
一九五六年　島根県松江市生まれ。
一九九〇年　詩集『水椀（みずまり）』詩学社
一九九九年　詩集『水曜日（みずようび）』思潮社

遡上《そじょう》

著者
新井啓子《あらいけいこ》
発行者
小田久郎
発行所
株式会社　思潮社
〒一六二―〇八四二　東京都新宿区市谷砂土原町三―十五
電話〇三（三二六七）八一五三（営業）・八一四一（編集）
FAX〇三（三二六七）八一四二
印刷所
三報社印刷株式会社
製本所
小高製本工業株式会社
発行日
二〇一〇年十月三十日